Les cerfs-volants de Kaboul

FichesdeLecture.com

Les cerfs-volants de Kaboul (Fiche de lecture)

I. INTRODUCTION

L'auteur

Khaled Hosseini, est né en 1965 à Kaboul. Fils d'un diplomate et d'une enseignante de farsi, il voyage beaucoup, sa famille s'installe d'abord en Iran puis à Paris en 1976. En 1980, les Hosseini s'installent aux États-Unis. L'auteur devient médecin.

« Les cerfs-volants de Kaboul » est son premier roman. Il a été élu auteur de l'année 2008, selon une analyse des marchés de neuf pays.

L'œuvre

« Les cerfs-volants de Kaboul », originalement « The Kite Runner » est paru en 2003 aux États-Unis. Salué par la critique, il connaît un grand succès aux États-Unis. Ce récit a été traduit de l'américain par Valérie Bourgeois et publié en France en 2007. Le roman a été récompensé par le grand prix des lectrices Elle et le prix RFI. À ce jour, plus de huit millions d'exemplaires ont été vendus dans une trentaine de pays.

Khaled Hosseini, s'est inspiré de ses souvenirs pour écrire ce roman. Il nous présente son pays sur une période de trente ans. Le récit débute dans les années 1970, relatant l'enfance d'Amir, jeune pachtoun ses relations ambiguës avec son père Baba et son amitié avec son serviteur Hassan, jeune Hazara. Puis il nous emmène au cœur de l'Afghanistan actuel aux mains du taliban, ravagé par des années de guerres. Ce best-seller a été adopté au cinéma en 2007 aux États-Unis.

II. RÉSUMÉ DE L'ŒUVRE

L'œuvre se découpe en trois parties qui peuvent paraître assez inégales : l'enfance à Kaboul, l'exil, la fuite et la vie aux États-Unis et le retour à Kaboul 20 ans plus tard.

L'enfance

Nous sommes en 2001, Amir est écrivain et vit à San Francisco avec sa femme Soraya. Il reçoit l'appel d'un vieil ami de sa famille Rahim Khan, resté en Afghanistan, celui-ci lui déclare : « Viens. Il existe un moyen de te racheter ». C'est alors qu'Amir se remémore ses souvenirs d'enfance, plus particulièrement ceux de l'hiver 1975, il avait 12 ans.

Le jeune Amir, vit avec son père, un riche commerçant pachtoun, sa mère est morte en lui donnant la vie. Il est très proche de son serviteur Hassan, jeune chiite, ses origines le contraignent à exécuter les besognes les plus basses. Ils ont tous les deux la même passion pour les cerfs-volants. Inséparables, ils semblent vivrent une enfance sereine. Leurs pères sont également très proches, Baba le père d'Amir considère Ali et son fils comme sa famille, on apprend que la mère d'Hassan est partie quand il était encore bébé.

Amir admire beaucoup son père, il fait tout pour que celui-ci le remarque, mais son père semble le trouver trop sensible. Amir a l'impression qu'il lui préfère Hassan, il découvre que son père a subventionné un orphelinat chiite. Amir discute avec Baba dans son bureau sur les pêchés et son père insiste sur le fait que le péché le plus odieux est le vol de ce qui n'est pas à nous.

Plus tard, Amir entend son père confier à Rahim qu'il trouve que son fils se laisse marcher sur les pieds. Amir qui a l'habitude de raconter des histoires à son ami qui ne sait pas lire écrit une nouvelle. Il la lit à Rahim et Baba, ce dernier ne s'y intéresse pas tandis que Rahim l'encourage. Au même moment, une fusillade éclate, il s'agit du coup d'État à Kaboul.

Assef, un jeune garçon qu'Amir craint le menace, mais Hassan le défend en lui pointant son lance-pierre. À l'occasion de l'anniversaire d'Hassan, Baba lui offre une opération de chirurgie esthétique pour lui ôter son bec-de-lièvre. Amir, jaloux décide alors de gagner le combat de cerf-volant de son quartier pour que son père soit fier de lui, Baba en a gagné beaucoup au cours de sa jeunesse. Pour cela, il faut que son cerf-volant soit le dernier à voler, pour éliminer les autres, il leur coupe les ficelles.

Amir gagne le combat de cerf-volant et Hassan parti à la recherche du cerf-volant perdant qui constitue le véritable trophée de la victoire. Amir, impatient cherche Hassan, mais il aperçoit son ami dans une impasse, entouré d'Assef et de deux autres garçons. Il a alors un mauvais pressentiment et tétanisé par sa peur il ne va pas secourir son ami. Hassan refuse de céder le cerf-volant à Assef, ce dernier qui le considère comme inférieur à lui le viole pour le punir. Amir se montre lâche et s'enfuit, naît en lui une culpabilité qui le rend amer et hautain envers Hassan.

À son retour son père et Rahim Khan le félicitent de son exploit. La culpabilité continue de ronger le jeune Amir, tandis qu'Hassan reste muet, il ne reproche rien à son ami. Amir le provoque pour qu'il réagisse en vain.

Amir et Baba partent à Djalalabad avec de la famille pour fêter la victoire d'Amir, ce qui provoque un malaise chez le jeune garçon qui vomit dans l'auto. Il devient insomniaque et alors que tout le monde dort il avoue qu'il a laissé Assef violer Hassan. Il évite de plus en plus Hassan. Le jeune garçon voudrait être le plus loin possible d'Hassan qui lui rappelle son comportement honteux, il demande alors à son père s'il a déjà pensé à changer de domestique, mais Baba lui répond que ce sont des membres de la famille.

Lors du treizième anniversaire d'Amir, Baba invite toute la ville. À cette occasion Assef lui offre son livre préféré, la biographie d'Hitler qu'Amir refuse. Il reçoit beaucoup de cadeaux, mais seul le cahier en cuir de Rahim lui fait vraiment plaisir. Il cache alors de l'argent et la montre que lui a offerts Baba sous le matelas d'Hassan. Ce dernier avoue avoir volé Amir, Baba décide cependant de leur pardonner. Mais Ali lui annonce qu'ils quittent la maison, Baba tente de les en dissuader en vain.

L'exil

En mars 1981, Baba et Amir quittent Kaboul à bord d'un autobus avec une douzaine de personnes. Ils sont partis de leur maison comme tous les matins pour ne pas éveiller les soupçons. En chemin, ils rencontrent plusieurs péripéties et finissent par arriver à Peshawar au Pakistan à bord d'un camion-citerne. Ils partent à San Francisco.

Baba travaille alors dans une station-service et Amir reçoit son diplôme en 1983. À cette occasion, Baba lui offre une Ford Torino. Le week-end, comme beaucoup d'afghans ils tiennent un stand au marché des puces. Ils rencontrent le Général M. Iqbal Taheri qui travaillait pour le ministère de la défense à Kaboul, Amir remarque sa fille, Soraya.

Au bout de quelques semaines, il l'aborde et elle lui demande de lui montrer une de ses nouvelles. Il lui parle alors de sa passion pour l'écriture et de son ambition de devenir écrivain, elle lui répond qu'elle veut devenir enseignante alors que son père veut qu'elle soit avocate et sa mère médecin.

Baba tousse de plus en plus ce qui inquiète Amir. Ils consultent le Dr. Amani qui propose à Baba de suivre une chimio, mais il refuse. Il demande à son fils de garder son cancer secret. Plus tard Amir demanda à Baba de s'entretenir avec le général et de lui demander la main de Soraya pour lui. Le général accepte puis Soraya confie à Amir qu'elle a fugué à 18 ans avec un afghan drogué.

Ils se marient, Soraya s'installe avec Amir et Baba pour pouvoir s'occuper de ce dernier. Un soir Soraya lit les nouvelles d'Amir à Baba, il meurt pendant la nuit. Lorsqu'Amir et Soraya emménagent ensemble, le général offre une machine à écrire à son gendre. Au cours de l'été 1988 Amir termine son premier roman et Martin Greenwalt devient son agent. Ils achètent une maison et découvrent qu'ils ne peuvent pas avoir d'enfant. Un docteur leur propose l'adoption, mais ce n'est pas une solution afghane puisque les ancêtres sont très importants. C'est à ce moment qu'Amir reçoit l'appel de Rahim khan. Il part pour le Pakistan.

Le retour

Arrivé à Peshawar Amir retrouve Rahim très affaibli. Ce dernier commence alors à lui raconter ses retrouvailles avec Hassan, il avait appris à lire et était marié. À la mort de Baba, Hassan accepte de le suivre à Kaboul avec sa femme. Après la perte d'une petite fille, Farza la femme d'Hassan accouche d'un petit garçon. La mère d'Hassan, revenue, s'occupe du petit Sohrab. Pendant un moment ils vécurent heureux, épargnés par les fusillades et les bombes. Hassan écrit une lettre à Amir car il aurait aimé partager ces moments avec lui, il y glisse une photo de lui.

Cette lettre a été écrite six mois avant le retour d'Amir. Mais Rahim l'informe qu'il y a cinq mois, les talibans ont tué Hassan et sa femme devant la maison car ils ne voulaient pas partir. Rahim avoue alors à Amir qu'il l'a fait venir ici pour qu'il aille chercher Sohrab en Afghanistan et le place dans un orphelinat tenu par des Américains afin de réparer son erreur passé. Il dévoile aussi à Amir que Baba était le père d'Hassan. À l'annonce de cette vérité, Amir éprouve un grand malaise, ça fait 38 ans qu'il vit dans le mensonge. À cet instant tout lui revint en tête, les cadeaux d'anniversaire, la culpabilité, il aurait voulu que Rahim ne l'appelle jamais.

Amir décide tout de même se « racheter » et se rend en Afghanistan, il est frappé par la pauvreté. Avec son chauffeur, Farid ils atteignent l'orphelinat de Karteh-Seh. Les 250 enfants vivent dans la misère et le directeur leur apprend qu'il a été contraint de vendre des enfants aux talibans pour sauver les autres. Il a dû vendre Sohrab il y a un mois, mais leur conseille d'aller au stade parler avec un officier des talibans.

Le lendemain ils vont au stade pour retrouver Sohrab, ils assistent à une lapidation durant la mi-temps. Amir parvient à obtenir un rendez-vous avec l'officier, il s'agit en réalité d'Assef. Il fait venir le jeune Sohrab et le traite comme un animal en le « caressant ». Amir et Assef se battent, Sorhab envoie une pierre dans l'œil d'Assef. Amir se réveille dans un hôpital à Peshawar. Farid l'informe que Rahim est parti en lui laissant une lettre. Il lui conseille de faire la paix avec lui-même. Puis il découvre que le couple d'Américains à la tête d'un orphelinat était un mensonge de Rahim.

Après réflexion Amir propose à Sohrab de venir avec lui en Amérique. Mais ils rencontrent beaucoup de difficultés pour obtenir un visa et de drames, Sohrab tente de se suicider. Amir prie pour sauver Sohrab et demande pardon à Dieu pour ne pas avoir cru en lui plus tôt. Finalement ils rejoignent Soraya en août. Amir interdit au général d'employer le mot « hazara » devant son fils. Ce dernier semble avoir perdu goût à la vie et ne joue pas. Un jour, sur les conseils de Soraya Amir achète un cerf-volant, il sent alors le regard de Sohrab. Ensemble ils gagnent un combat de cerf-volant. Amir part à la recherche du trophée pour l'offrir à Sohrab.

III. ÉTUDE DES PERSONNAGES

Amir

Le récit commence en 2001, Amir a alors 38 ans, il est écrivain et vit à San Francisco avec sa femme Soraya. Suite à l'appel d'un vieil ami de la famille, ses souvenirs d'enfance en Afghanistan ressurgissent. Nous sommes en 1975, il a douze ans et est le fils d'un riche commerçant pachtoun. Contrairement à ce que voudrait son père, Baba, c'est un jeune garçon très réservé et se qui se fait souvent marcher sur les pieds.

Il reçoit une éducation ouverte et tolérante et s'intéresse beaucoup à la littérature, sa mère était professeur de littérature et écrit des nouvelles pour son ami Hassan, illettré. Amir porte une grande admiration à Baba et celui-ci ne lui rend pas forcément. Il a l'impression qu'il lui préfère Hassan. Dans la première partie de la romane, l'auteur nous dresse le portrait d'un petit garçon qui recherche l'amour et la fierté de son père et qui ne comprend pas ce qui les sépare. Il est jaloux d'Hassan, mais c'est en même temps son frère de lait, son meilleur ami. Ils sont inséparables et passionnés par les cerfs-volants. Mais alors qu'il gagne le combat des cerfs-volants faisant enfin la fierté de son père, il commet l'irréparable, il laisse Hassan se faire violer par Assef pour récupérer le précieux trophée. À partir de ce moment, il est rongé par la culpabilité.

Lorsque l'armée soviétique envahit l'Afghanistan, Amir et son père fuient aux États-Unis. Les années passent, Amir est devenu écrivain, mais la culpabilité le pousse à retourner dans son pays natal pour « se racheter » et sauver le fils d'Hassan. À la fin du livre, il découvre qu'Hassan est en réalité son demi-frère. Cette vérité bien que difficile à accepter lui permet de surmonter sa culpabilité et de comprendre bien des choses. À la fin du récit, il devient un homme fort qui ne se fait plus marcher sur les pieds.

Hassan

C'est le frère de lait d'Amir, il a un an de moins que lui. Fils du domestique de Baba, ils grandissent ensemble. Cependant ils sont issus de deux mondes différents en tant que Hazara, Hassan doit exécuter les besognes les plus basses, c'est le domestique d'Amir, il est illettré. Il semble porter une immense et sincère affection envers son jeune maître, il prend sa défense et endosse la responsabilité de ses actes. Cette inertie exaspère Amir, jaloux de l'amour que lui porte Baba et honteux de ne pas l'avoir secouru, il veut l'éloigner le plus possible.

Lorsqu'il est accusé d'avoir volé les cadeaux d'Amir, Hassan assume et ne dénonce pas les mensonges d'Amir. Il quitte kaboul avec son père. Plus tard dans le récit on apprend qu'il est le fils naturel de Baba.

Baba

C'est le père d'Amir et Hassan, en Amir, son fils légitime il reconnaît ses faiblesses tandis qu'en Hassan, son fils illégitime il semble reconnaître le jeune homme athlétique qu'il était. C'est un personnage important à Kaboul puis dans la communauté afghane à San Francisco. Il a beaucoup de caractère et de charisme et ne supporte pas l'injustice notamment lorsqu'un soldat russe exige de passer du temps avec une jeune afghane, il s'interpose et a raison du soldat.

Dans le récit, la gaucherie et la sensibilité d'Amir semblent souvent l'embarrasser. Il est très fier et ne lira les œuvres de son fils qu'avant de mourir. Alors qu'il avait appris à Amir que le pire pêcher est le vol de ce qui n'est pas à nous, on découvre à la fin du récit qu'il a trompé sa défunte femme et son domestique le plus loyaux, mais surtout son fils Amir. Il a tenté de se racheter tout au long de sa vie en créant un orphelinat ou encore en couvrant Hassan de cadeaux.

IV. AXES DE LECTURE

Ce livre aborde plusieurs thèmes, comme l'histoire récente de l'Afghanistan caractérisée par les affrontements ethniques, l'invasion soviétique et la chute des talibans. L'auteur nous dresse aussi un portrait des Afghans qui ont immigré aux États-Unis, plus précisément en Californie. Cependant, nous avons choisi de ne pas les étudier ici.

Le poids de la culpabilité

Ce sentiment éprouvé par Amir est omniprésent dans l'œuvre, bien qu'il soit né au cours de son enfance, il n'arrive pas à s'en débarrasser, il le ronge petit à petit. Mais il s'agit aussi de la culpabilité de son père, Baba qui a trahi la mémoire de sa défunte femme et son domestique le plus loyal. Face à ces deux enfants, son cœur pencherait vers Hassan en qui il reconnait le jeune homme athlétique qu'il était. Il a beaucoup de caractère et de charisme et ne supporte pas l'injustice, prêt à défendre plus faible que lui, comme le fait souvent Hassan pour protéger Amir.

Tandis qu'au cours du récit, la gaucherie et la sensibilité d'Amir semblent souvent l'embarrasser. Il est très fier et ne lira les œuvres de son fils qu'avant de mourir. Alors qu'il avait appris à Amir que le pire pêcher est le vol de ce qui n'est pas à nous, il a tenté toute sa vie de se racheter tout au long de sa vie en couvrant Hassan de cadeaux.

Tout au long du récit le lecteur est le seul à connaître la lâcheté et la culpabilité d'Amir, dès le début il pressent aussi la part de responsabilité de Baba. Ce père trop exigeant qui ne comprend pas son fils beaucoup plus sensible que lui qui se passionne pour l'écriture à l'instar de se femme. Leur relation père-fils est faite de non-dits et débouche sur des situations dramatiques. Cette incompréhension s'accentue lors du passage de l'enfance à l'adolescence d'Amir. Le jeune garçon devient de plus en plus jaloux d'Hassan. Pour obtenir le regard et la fierté de son père, il sacrifie son ami de toujours.

Le sentiment de culpabilité est très bien décrit, le lecteur le ressent, l'auteur insiste sur les pensées d'Amir, ses agissements et ses tourments. Dans la première partie, racontée par Amir, il se décrit comme un véritable lâche tandis qu'il dresse un portrait admirable d'Hassan. Puis dans la dernière partie du roman, Amir nous décrit une autre culpabilité, celle qu'il ressent quand il retourne dans son pays, il découvre l'œuvre de la folie des Talibans. Il est d'ailleurs mal accueilli au début et considéré comme un lâche, un traître d'avoir fui ainsi.

Finalement l'auteur nous présente l'attitude de deux personnes face à la mauvaise action qu'ils ont commise par le passé. Père et fils se ressemblent, Amir ne veut plus voir Hassan qui lui rappelle son acte, tandis que son père tente de faire le bien autour de lui. Cependant, la faute d'Amir semble moins grande dans la mesure où ce n'était qu'un enfant, déjà victime des mensonges des adultes.

La rédemption

Dans la religion, la rédemption est le rachat des péchés. Bien la religion soit en partie à la base de différences existantes entre les différents personnages du roman, ce n'est que vers la fin du récit que le personnage principal, se tourne vers Dieu et prie pour qu'il sauve le jeune Sohrab et lui demande pardon pour ne pas avoir cru en lui plus tôt.

Le jeune Amir commet l'irréparable à douze ans lorsqu'il assiste impuissant, tétanisé par sa peur et sa lâcheté au viol de son frère de lait, de son ami de toujours. À partir de ce moment, il se sent honteux et coupable et plutôt que d'aborder le sujet avec Hassan ou de tenter de lui demander pardon, il s'enferme dans sa culpabilité. Il fait accuser Hassan de vol pour qu'il soit chassé de la maison et qu'il n'ait plus à le regarder en face.

Lorsqu'il quitte son pays natal, son père est triste tandis qu'il est content à l'idée de prendre un nouveau départ, de partir loin de ses fautes. Le début du récit introduit cette rédemption avec la phrase : « Viens. Il existe un moyen de te racheter ». À partir de ce moment, Amir se remémore son passé auquel il a voulu échapper et qui vient aujourd'hui le rattraper. Pour se « racheter », Amir doit se plonger au cœur d'un Afghanistan pauvre et dirigé par les talibans. Il affronte la réalité, le pays n'est que misère et les habitants ne sont que des ombres d'eux même. Mais avant il affronte la vérité, celle qui l'a fait souffrir depuis tout petit, Hassan est son demi-frère.

Il doit à la fois réparer sa faute de gamin et celle de son père. Amir, le jeune écrivain issu d'un monde libre doit affronter ses vieux démons. Lorsqu'il se bat contre Assef et que celui-ci a le dessus sur lui, il rit car il est enfin libéré du poids de la culpabilité. Sous les coups d'Assef, le taliban, sa culpabilité de môme peureux et lâche s'échappe enfin.

Ironie du sort, Sohrab sauve Amir en utilisant son lance-pierre, tout comme l'avait fait son père auparavant. Amir réalise que son neveu est son salut, s'il parvient à le sauver et à le rendre heureux, il fera la paix avec lui-même, mais aussi avec son défunt père qui pourra alors être fier de lui. Il rendra aussi l'affection sans bornes que lui portait son cadet, Hassan.

Du succès du livre à son adaptation au cinéma

En 2003, en publiant son livre, l'auteur était loin d'imaginer un tel succès. « Les Cerfs-volants de Kaboul », est acclamé par la critique et bénéficie d'un extraordinaire bouche à oreille. Il reste de nombreuses semaines en tête des listes aux États-Unis, puis se vend plus de huit millions d'exemplaires. L'histoire d'Amir et Hassan, deux jeunes garçons inséparables, qui partagent une même passion pour les courses de cerfs-volants, jusqu'au jour où tout bascule passionne sur tous les continents. Khaled Hosseini qui s'est inspiré de son vécu pour écrire ce roman nous propose une autre vison de la culture afghane, celle qu'il a connue avant l'invasion des Soviétiques et l'accession au pouvoir des talibans, mais sans porter aucun jugement. Il témoigne aussi de certaines difficultés rencontrées par la diaspora afghane aux États-Unis.

L'adaptation du livre sort au cinéma réalisé par Marc Forster en 2007. Bien que la volonté soit de respecter l'esprit du livre, la densité du livre contraint le réalisateur à faire quelques impasses. L'un des premiers objectifs du film est de présenter un autre visage de l'Afghanistan et de ses habitants, de montrer ce qu'était Kaboul avant l'invasion des Russes. Pour beaucoup de personnes, l'Afghanistan se résume par les images de guerre, de misère et de lapidations diffusées par les médias. Bien entendu, l'Afghanistan ce n'est pas ça, ce sont des poètes, des musiciens, toute une culture soumise au silence depuis les années 1980.

Comme dans le récit, l'histoire se déroule sur deux périodes bien distinctes, celle-ci se passe en deux temps dans le film. Il débute par un long flash-back qui introduit le passé commun d'Amir et Hassan puis leurs destins séparés. Fidèle au roman, le film ne cherche pas à dénoncer les injustices de ce pays. Le gouvernement afghan a décidé d'interdire le film dans les cinémas et les vidéoclubs, affirmant que la scène de viol pouvait alimenter les tensions ethniques.

Dans la même collection en numérique

Escadrille 80

Inconnu à cette adresse

La controverse de Valladolid

Les Vilains petits canards

Une partie de campagne

Cahier d'un retour au pays natal

Dora Bruder

L'Enfant et la rivière

Moderato Cantabile

Alice au pays des merveilles

Le faucon déniché

Une vie

Chronique des Indiens Guayaki

Je voudrais que quelqu'un m'attende quelque part

La nuit de Valognes

Œdipe

Disparition Programmée

Education européenne

L'auberge rouge

L'Illiade

Le voyage de Monsieur Perrichon

Lucrèce Borgia

Paul et Virginie

Ursule Mirouët

Discours sur les fondements de l'inégalité

L'adversaire

La petite Fadette

La prochaine fois

Le blé en herbe

Le Mystère de la Chambre Jaune

Les Hauts des Hurlevent

Les perses

Mondo et autres histoires

Vingt mille lieues sous les mers

99 francs

Arria Marcella

Chante Luna

Emile, ou de l'éducation

Histoires extraordinaires

L'homme invisible

La bibliothécaire

La cicatrice

La croix des pauvres

La fille du capitaine

Le Crime de l'Orient-Express

Le Faucon malté

Le hussard sur le toit

Le Livre dont vous êtes la victime

Les cinq écus de Bretagne

No pasarán, le jeu

Quand j'avais cinq ans je m'ai tué

Si tu veux être mon amie

Tristan et Iseult

Une bouteille dans la mer de Gaza

Cent ans de solitude

Contes à l'envers

Contes et nouvelles en vers

Dalva

Jean de Florette

L'homme qui voulait être heureux

L'île mystérieuse

La Dame aux camélias

La petite sirène

La planète des singes

La Religieuse

1984 A l'Ouest rien de nouveau

Aliocha

Andromaque

Au bonheur des dames

Bel ami

Bérénice

Caligula

Cannibale

Carmen

Chronique d'une mort annoncée

Contes des frères Grimm

Cyrano de Bergerac

Des souris et des hommes

Deux ans de vacances

Dom Juan

Electre

En attendant Godot

Enfance

Eugénie Grandet

Fahrenheit 451

Fin de partie

Frankenstein

Gargantua

Germinal

Hamlet

Horace

Huis Clos

Jacques le fataliste

Jane Eyre

Knock

L'homme qui rit

La Bête humaine

La Cantatrice Chauve

La chartreuse de Parme

La cousine Bette

La Curée

La Farce de Maitre Pathelin

La ferme des animaux

La guerre de Troie n'aura pas lieu

La leçon

La Machine Infernale

La métamorphose

La mort du roi Tsongor

La nuit des temps

La nuit du renard

La Parure

La peau de chagrin

La Petite Fille de Monsieur Linh

La Photo qui tue

La Plage d'Ostende

La princesse de Clèves

La promesse de l'aube

La Vénus d'Ille

La vie devant soi

L'alchimiste

L'Amant

L'Ami retrouvé

L'appel de la forêt

L'assassin habite au 21

L'assommoir

L'attentat

L'attrape-coeurs

Le Bal

Le Barbier de Séville

Le Bourgeois Gentilhomme

Le Capitaine Fracasse

Le chat noir

Le chien des Baskerville

Le Cid

Le Colonel Chabert

Le Comte de Monte-Cristo

Le dernier jour d'un condamné

Le diable au corps

Le Grand Meaulnes

Le Grand Troupeau

Le Horla

Le jeu de l'amour et du hasard

Le Joueur d'échecs

Le Lion

Le liseur

Le malade imaginaire

Le Mariage de Figaro

Le meilleur des mondes

Le Monde comme il va

Le Parfum

Le Passeur

Le Petit Prince

Le pianiste

Le Prince

Le Roman de la momie

Le Roman de Renart

Le Rouge et le Noir

Le Soleil des Scortas

Le Tartuffe

Le vieux qui lisait des romans d'amour

L'Ecole des Femmes

L'Ecume Des Jours

Les Bonnes

Les Caprices de Marianne

Les cerfs-volants de Kaboul

Les contes de la Bécasse

Les dix petits nègres

Les femmes savantes

Les fourberies de Scapin

Les Justes

Les Lettres Persanes

Les liaisons dangereuses

Les Métamorphoses

Les Mouches

Les Trois mousquetaires

L'étrange cas du Dr Jekyll et de Mr Hyde

L'Ile Au Trésor

L'île des esclaves

L'illusion comique

L'Ingénu

L'Odyssée

L'Ombre du vent

Lorenzaccio

Madame Bovary

Manon Lescaut

Micromégas

Mon ami Frédéric

Mon bel oranger

Nana

Ne tirez pas sur l'oiseau moqueur

Notre-Dame de Paris

Oliver twist

On ne badine pas avec l'amour

Oscar et la dame rose

Pantagruel

Le Misanthrope

Perceval ou le conte du Graal

Phèdre

Ravage

Roméo et Juliette

Ruy Blas

Sa Majesté des Mouches

Si c'est un homme

Stupeur et tremblements

Supplément au voyage de Bougainville

Tanguy

Thérèse Desqueyroux

Thérèse Raquin

Ubu Roi

Un Barrage contre le Pacifique

Un long dimanche de fiançailles

Un secret

Vendredi ou la vie sauvage

Vipère au poing

Voyage au bout de la nuit

Voyage au centre de la terre

Yvain ou le Chevalier au lion

Zadig

À propos de la collection

La série FichesdeLecture.com offre des contenus éducatifs aux étudiants et aux professeurs tels que : des résumés, des analyses littéraires, des questionnaires et des commentaires sur la littérature moderne et classique. Nos documents sont prévus comme des compléments à la lecture des oeuvres originales et aide les étudiants à comprendre la littérature.

Fondé en 2001, notre site FichesdeLectures.com s'est développé très rapidement et propose désormais plus de 2500 documents directement téléchargeables en ligne, devenant ainsi le premier site d'analyses littéraires en ligne de langue française.

FichesdeLecture est partenaire du Ministère de l'Education du Luxembourg depuis 2009.

Plus d'informations sur www.fichesdelecture.com

ISBN: 978-2-511-02872-8

Notes :